AF272332

# Unterwirf mich!

iSlaM und SM

Stories und Erlebnisse

von

R. Happ

Marterpfahl Verlag MMXIX

Die Stories wurden vor einigen Monaten auf dem Blog des Marterpfahl Verlags oder im Forum der Sklavenzentrale veröffentlicht, stammen alle von R. Happ und werden in diesem Buch/Ebook erstmals zusammen veröffentlicht. »Weihnachtsgeld« und »Kuttenbrunzer« wurden vom Forum der Sklavenzentrale wegen ihrer islamkritischen Tendenz wieder gelöscht.

© 2019 by Marterpfahl Verlag Rüdiger Happ, Nehren
Marterpfahl_Verlag@gmx.de
https://marterpfahlverlag.wixsite.com/erotikbuch
Omnia eius editionis iura reservantur
ISBN 978-3-944145-68-6 (Paperback), -69-3 (Ebook)

Das Titelbild zeigt »Raymond Schaendler«, den Autor des (noch) unvollendeten Romans »Die Sklavinnen von Tanger«; aus Angst vor Islamisten trat er bei Lesungen vollverschleiert auf – in einer »Kutte«, die ihm sein Verleger R. Happ freundlicherweise lieh und gelegentlich selbst benutzte …

# Weihnachtsgeld

*Eine total verschleierte Weihnachtsgeschichte aus Sarajewo*

Als sie nach dem Abendessen sein »Arbeitszimmer« betrat, ahnte sie schon, worum es gehen würde. Ein Blick auf das Doppelbett ihrer Eltern bestätigte ihre Vorahnung.

Eigentlich war es gar kein Arbeitszimmer. Seit Papas Arbeitslosigkeit war das einfach nicht mehr drin. Sein auf zwei Jahre befristeter Job als Ingenieur in Deutschland war zu Ende gegangen, und in Sarajevo blieb ihm und der Familie nur eine immer mickrigere »Stütze«, die Suche nach einer billigeren, kleineren Wohnung, die nur noch in einer Ecke des Elternschlafzimmers eine Illusion von Arbeitszimmer zuließ, mit PC und Regal voller Fachbücher – der Platz, um nachzudenken, wie es weitergehen sollte …

»Setz dich bitte, Sonja. Es fällt mir wieder einmal schwer, sehr schwer, dieses Gespräch zu führen, das weißt du.«

»Ich weiß, Papa«, sagte sie mit belegter Stimme und legte ihre Hand begütigend auf seinen Arm.

Vor drei Jahren, nach seiner Rückkehr aus Deutschland, war es Zeit geworden für das erste Gespräch dieser Art. Der Umzug in die kleinere Wohnung, die Konversion der ganzen Familie zum Islam – um etwas Unterstützung von der Moscheegemeinde zu bekommen. Kopftücher für die Mutter und die drei Töchter, sobald sie 14 wurden. *Im besten Konfirmationsalter,* dachte Sonja verbittert.

Anmeldung von Ivanka im Al-Ghani-Mädchengymnasium, das vom Emirat Maqar unterstützt wurde. Eine Schülerinnenuniform gab's nur mit Kopftuch – und eine mit Niqab. Für das Tragen letzterer gab's monatlich 50 Euro für den Papa des braven, frommen Mädels.

»Man muß zugreifen, solang' es noch Geld dafür gibt«, hatte Papa geseufzt. »Später wird's vielleicht einfach vorgeschrieben. Dann gibt's nur noch Ärger für die Unfolgsamen.« Seitdem ging Ivanka nur noch mit Gesichtsvorhang aus dem Haus – wenigstens nicht im tristen Trauerschwarz, sondern in den Farben ihres Gymnasium: Rot und Blau. Wie Wonderwoman. *Da kann man sich bloß noch wondern,* dachte Sonja. Weihnachten gab's seither nur noch hinter zugezogenen Vorhängen; zu allgegenwärtig war die »soziale Kontrolle« durch die neuen Moscheegemeinden-Schnüffler. Und dann gäbe es ein »Gespräch«, das Papa noch unangenehmer wäre …

So war das im Islam: Die Männer waren Allah untertan (und seinem Bodenpersonal), die Frauen den Männern …

Mit dem Schweineschmorbraten in Biersoße, dem Weihnachtsschmaus, seit Papa in Deutschland gewesen war, wurde es auch schwierig. Zu groß die Gefahr, daß ihn jemand beim Einkaufen beim letzten Nicht-halal-Metzger des ganzen Viertels sah. Ohnehin war der vor einigen Monaten fortgezogen. Wohin, wußte sie nicht. Aufs Land wohl. Immer mehr war seine Kundschaft zusammengeschrumpft; gewachsen war nur die Zahl der Farbbeutelattacken und Steinwürfe auf seinen Laden – bis er irgendwann genug hatte.

Dunja trug die Gesichtsgardine seit vier Monaten; und Papa kassierte – diesmal von den Gaudis, denn Dunja besuchte (wie Sonja)

**4**

ein Gymnasium, das von Gaudi-Arabien finanziert wurde, dem ewigen Rivalen von Maqar.

»Du weißt, daß ich mich immer bemüht habe, euch ein guter Papa zu sein«, sagte er bedrückt. »Aber das Geld reicht einfach hinten und vorne nicht; wir sind auf jeden kleinen Zuschuß angewiesen, und aus Europa kommt leider nichts als heiße Luft – keine Jobs, kein Geld, noch nicht mal Reisefreiheit. Also muß ich das nehmen, was ich stattdessen kriegen kann, so leid es mir für dich tut, meine Sonja.«

Sonja ergriff wieder seinen Unterarm. »Ich versteh dich, auch wenn's mir schwerfällt«, sagte sie mit einem Kloß in der Kehle. »Ist es das?« deutete sie mit dem Kinn auf das Gewand, das quer über das Doppelbett ihrer Eltern ausgebreitet lag.

»Ja«, murmelte ihr Vater und blickte betreten beiseite. »Dunkelgrün statt Schwarz konnte ich immerhin noch durchsetzen. Du mochtest doch Grün immer so, und immerhin ist Grün die Farbe des Propheten.«

Auf einmal glucksten beide vor Lachen auf. »Wie eine wandelnde Weihnachtstanne werd ich in dem Fummel aussehen«, sagte Sonja, und auch der Vater konnte sich ein Grinsen nicht verkneifen.

»Bis Weihnachten kann ich aber hoffentlich noch wie bisher rumlaufen?« Auf die aus Deutschland mitgebrachten Designerjeans war sie immer so stolz gewesen …

Vater schüttelte bedauernd den Kopf. »Tut mir leid, mein Kind …« Aus der Brusttasche seines Hemds fingerte er einen 50-Euro-Schein. »Das … ›Erziehungsgeld‹« – man konnte die Ironie förmlich hören – »… für Dezember hab ich nur unter der Bedingung gekriegt, daß du ab sofort in der Öffentlichkeit nur noch das trägst, diesen Fummel, und da haben die sicher auch ein Auge drauf, die Brüder.« Er schwieg kurz, und seine Miene verfinsterte sich wieder. »Deshalb hab ich deine guten alten Sachen alle schon in eine große

Tüte gepackt, die du morgen auf den Ibrahimovic-Boulevard mitnehmen wirst, wenn du dich dort mit Fatima triffst.«

»Was!?« fragte Sonja ebenso fassungs- wie verständnislos.

*So fühlt sich das also an, der Islam, die Unterwerfung,* dachte Sonja. Keine taxierenden, »ausziehenden« Blicke mehr, nichts, gar nichts, wenn sie durch ihren Sehschlitz die männlichen Passanten musterte. Die schienen einfach durch sie hindurchzusehen, die muslimischen, meist bärtigen, weil sie nun eine »anständige Frau« war, keine »Hure« oder »Nutte« mehr; *die steht unter unserem Schutz – die anderen sind Freiwild;* die christlichen, weil sie nun eine von »den anderen« war; *die geht uns nichts mehr an.* Sie war kein Lustobjekt mehr, sondern nur noch eine wandelnde Stoffsäule.

»Laß dich einfach fallen in den Stoff, so weich und behütend für dich, so voller Geborgenheit, so hart und abweisend für Wüstlinge«, hatte kürzlich eine Mitschülerin in einem preisgekrönten Aufsatz über die schwarzen Stoffsäulen gelobhudelt. »Laß dich einfach fallen in den Islam, die Unterwerfung, und dir wird Gnade zuteil werden« *– und ein gütiges Geschick, keine Vergewaltigung wie bei den schleierlosen »Nutten«, und ein gütiger Ehemann, der dich nicht öfter als einmal wöchentlich prügelt und nicht mehr als fünf Kinder will,* dachte Sonja.

In gehobener Stimmung, so konnte man diese nie gekannte Mischung aus »beflügelt«, »euphorisiert« und »fassungslos« wohl beschreiben, bog sie mit ihrer voluminösen, aber nicht allzu schweren Tüte in den Ibrahimovic-Boulevard ein, wo die große, altvertraute, überdachte Ladenpassage begann. *Kein Wunder, daß ich gestern bloß Bahnhof verstanden hab'.* ›Bahnhof‹ *im Sinne von* ›Nix wie weg von hier‹. *Wer hätte auch ahnen können, daß unsere gute alte Ivo-Andric-Straße jetzt auch schon in einen Ibrahimovic-Boulevard umbenannt worden ist?*

Wenige Minuten später hatte sie jenes »Rondell« aus Sitzbänken erreicht, das sie schon längere Zeit nicht mehr gesehen hatte, sie war einfach nicht mehr dazu gekommen; mangels Zeit, mangels Geld.

Mit ihrer Tüte rechts neben sich nahm sie auf der oval verlaufenden Bank Platz und ließ die Blicke schweifen. *Mein Gott, hat sich die Zahl der Schleiereulen erhöht seit letztem Mal! Aber ich bin ja jetzt auch schon eine,* schoß es ihr durch den Kopf.

*Orangefarbener Niqab,* hat Papa gesagt. *Ich krieg mich ja nicht mehr ein. Da kann sie ja gleich beim Straßenbau anfangen statt in der Metzgerei ihres Papas. Ist die jetzt halal?*

Enthusiastisch riß sie die Arme hoch und winkte, als eine orange Säule sich von Ferne näherte und sich durch den Sehschlitz suchend umsah.

*Ah, die Säule hat genickt und nimmt Kurs auf mich …!*

»Hallo, Schwester!« tönte es ironisch aus der orangenen Säule, und »Hallo, Schwester Fatima!« antwortete Sonja in ähnlichem Tonfall. »Nimm Platz!«

Fatima machte es sich neben Sonja bequem. Auch sie trug eine voluminöse Tragetasche, die sie jetzt nicht ganz ohne Mühe neben sich auf die Sitzbank wuchtete. *Scheint deutlich schwerer zu sein als meine …*

»Danke.« Fatima schien erleichtert.

»Hübsches Kleid hast du.«

»Danke. Bin froh, daß ich mir wenigstens meine Vorliebe für bunte Farben bewahren konnte. Meinen Namen konnt' ich ja leider nicht behalten. ›Maria‹, das geht gar nicht. So bin ich jetzt halt Fatima, das ist das Fatale.«

Beide kicherten.

»Ich wußte gar nicht, daß du mittlerweile auch eine … ›Schwester‹ geworden bist.« *Wir sehen wirklich aus wie Nonnen,* ging es Sonja durch den Kopf. »Ich dachte, auf dem Land hat man Ruhe vor den Moschee-Schnüfflern.«

Ein Seufzen entrang sich der orangenen Stoffsäule. »Ach, wenn's doch nur so wäre! Aber die sind überall – na ja, *fast* überall. Wir mußten auch bald konvertieren. Siehste ja. Aber auf dem Land gibt's doch noch ein paar unbeobachtete Freiräume. Sonst wär das nicht möglich, was wir hier machen.«

Sonja kicherte. »Hast ja recht. Bin ja mittlerweile auch … ›so eine‹ geworden. Gefallenes Mädchen sozusagen. Gefallen in die Unterwerfung. Aber jetzt das Geld der Gaudis zu nehmen, um den Weihnachtsbraten zu bezahlen, das gefällt mir.«

»Hast du die Klamotten dabei?«

»Ja, schau hier.« Sonja öffnete die Tüte und ließ Fatima hineinblicken. »Eigentlich sind die Sachen mehr wert.«

Fatima sandte ihr einen schrägen Blick durch ihren Sehschlitz.

»Die Nachfrage hat stark nachgelassen. Es gibt nur noch wenige Gegenden, wo man oder vielmehr frau so was tragen kann. Viele wollen verkaufen, nur wenige kaufen. Tja. Mehr als eine Flasche mittelprächtigen Schampus für Silvester und drei Flaschen Bier für den Braten und zum Trinken kann ich dir dafür leider nicht geben, sagt Papa.«

»Und der Braten?«

»Vom Feinsten. Mit richtig schöner Kruste. Garantiert. Mein Papa versteht sein Handwerk immer noch bestens.«

Sonja nestelte einen Zwanziger aus ihrem Portemonnaie und reichte ihn Fatima verstohlen. Die ließ ihn schnell in ihrem Gewand verschwinden.

»Das Weihnachtsgeld von den Gaudis!« kicherte Sonja wieder.

»Sei froh, daß du nur 20 Euro dafür loswirst. Sag deinem Papa, alles ist wegen der Risikoprämie so teuer geworden, daß du 40 Euro dafür ausgeben mußtest. Die 20 Euro Differenz steckst du ein.«

»Was soll ich!?«

»Du hast schon richtig gehört. Du sollst das Geld ja nicht verjuxen – mach's wie ich: Spare, bis du 300 Euro für einen … na, sagen wir: Reisebegleiter beisammen hast, als Anzahlung sozusagen. Der kann uns nach Deutschland schleusen.«

»Nach Deutschland? Geht das denn überhaupt?« fragte Sonja erstaunt.

»Ich denke doch!« ließ Fatima ein optimistisches Lachen hinter ihrem Gesichtsvorhang erahnen. »In Berlin gibt's einen Pfarrer, der schon hunderte von Moslems zu Christen gemacht hat. Er fragt sie dann immer bei der Taufe: ›Entsagst du dem Bösen, entsagst du vor allem auch dem Islam?‹ Ist ja fast dasselbe, aber pro forma fragt er immer zweimal.«

Leises Gelächter.

»Aber wir sind ja schon getauft«, wandte Sonja ein, »und über einen reuigen Sünder ist im Himmel mehr Freude als über 99 Gerechte. – Aber meinst du, wir schaffen das alleine?«

»Ja! Bestimmt! Sag bloß deinem Papa nichts! Wir müssen das alleine hinkriegen, wir Frauen – unsere Väter sind dazu zu dusselig. Die können wir später nachholen – mit dem ganzen Rest der Familie. Mein Kontaktmann hat sogar gesagt, er könne mir einen Job in Deutschland besorgen, leicht, bequem, gut bezahlt …«

»Wenn du meinst …«, sagte Sonja mit leise aufkeimendem Zweifel. »Aber jetzt muß ich heim. Wir bleiben in Verbindung! Schöne Feiertage!«

»Dir auch! Alles Gute!«

Die zwei Stoffsäulen umarmten und knuddelten sich zum Abschied. Sonja ergriff die für sie bestimmte schwere Tüte und ließ sie unter ihrem weiten Gewand verschwinden, wandte sich heimwärts, ohne noch einmal zurückzublicken. *Das ist die Zukunft*, dachte sie. *Frau hat nix mehr zu sagen, Vorhang zu vorm Plappermäulchen, aber immer einen dicken Schwangerbauch vor sich herschieben.*

Sie bekam nicht mehr mit, wie ein Mann »im Nachthemd«, wie sie es genannt hätte, und mit »Gesichtsmatratze« ihr lange nachschaute und dann mit seinem Handy ein längeres Telefonat führte.

### Nach(t)gedanken:

*Was für ein Telefonat mag das wohl sein? Ein Telefonat mit der allmächtigen Moscheengemeinde? Und gibt es dann doch noch ein unangenehmes »Gespräch« mit dem Papa? Sicher wird man ihn darauf hinweisen, daß der Verstoß gegen die muslimischen Sitten wiedergutgemacht werden könne, wenn er sein Töchterchen gleich nach dem Abi an den tapferen Kämpfer xy verheirate, der brauche ein Einreisevisum und eine Aufenthaltsgenehmigung …*

*Und der »bequeme, leichte Job« in Deutschland? Ist das vielleicht ein Job im Liegen, in einem Puff?*

# Fasnet für Kuttenbrunzer – und SMer

**»Kritik oder Inspiration?« Oder Provokation? Gedanken und Erlebnisse an einem verregneten Faschingsdienstag**

*Geschichtchen, wie sie das Leben schreibt*

Wer vieles bringt, wird manchem etwas bringen, das wußte schon der olle Goethe. Inspiriert fühlen sich offenbar viele abendländische Männer. »So was kommt häufig vor«, berichtete mir eine Domina aus einem Stuttgarter Vorort. »Dominante Männer kleiden ihre devoten Ehefrauen in so was, fesseln sie ans Bett und nehmen sie ordentlich ran.«

Unangenehm berührt fühlen sich die politisch korrekten Vertreter einer Hamburger Kita: »Zum Karneval ist im Rheinland längst eine Debatte über politisch korrekte Kostüme entbrannt – und die schwappt jetzt auch nach Hamburg. In einer Elbkinder-Kita sind zum Fasching unter anderem Indianer-Kostüme verboten worden, berichtet die MORGENPOST.« (https://www.mopo.de/hamburg/politisch-korrekter-fasching-hamburger-kita-verbietet-indianer-kostueme--32163248)

Verboten wird demnach alles, was Klischees bedient, vor allem solche in puncto »Geschlecht, Hautfarbe und Kultur. So waren explizit auch Scheich-Verkleidungen verboten. (…) Auch dass sich Mädchen als Prinzessin und Jungs als Piraten verkleiden, wird kritisiert. Mädchen als Piratinnen und Jungs als Meerjungmänner finden die Autoren dagegen super – weil nicht ›geschlechtsstereotyp‹.«

Na, das ist ja prima. Da kann ich mich als Mann ja ungeniert in eine Kutte werfen, die einer saudischen Straßenbauarbeiterin würdig wäre: https://commons.wikimedia.org/wiki/File:R_Schaendler_Leonberg_4Mrz2018.jpg (siehe Titelbild dieses Bandes)

Orangener Regenschirm noch dazu, dann sieht's – ohne Niqab – fast aus wie ein buddhistischer Mönch.

Der Schirm erwies sich als wahrlich nötig, denn das Wetter war ziemlich übel. Vorbei das Vorfrühlingswetter, das bis zum »Schmutzigen Donnerstag«, der Weiberfasnet, auch passend für so'n Outfit, geherrscht hatte. *Bis zum Dauschdeg war's erfreulich – doch danach höchst greulich!*

Nachts zum *rasend' Montag* hatt' der Sturm volle Mülltonnen umgeworfen und ihren Inhalt teilverstreut, am Fasnetsdienstag herrschte naßkaltes Pißwetter über König Karneval. So wandelte ich als wohlbeschirmte orangene Stoffsäule durchs Dorf zu unserem Bahnhöfchen. Das Zügle hatt' fünf Minuten Verspätung, man ist ja schon dankbar, daß es nicht zehn sind, und endlich konnt' ich mich in die Polster sinken lassen und nach meiner leuchtend gelben Stofftasche mit dem identitären Lambda-Logo greifen, einem Geschenk von Bekannten. *Identität ist immer gut – fragt sich nur, welche …*

Ich zog den PLAYBOY aus der Tüte und vergrub mich hinter ihm, und im Handumdrehen hatten wir Tübingen erreicht. Durch die nassen Straßen schob ich mich bis zum LTT, dem Landestheater Tübingen. »Leichter, atmungsaktiver Stoff« hatte es in der Reklame geheißen. Nun ja … (Orange ist inzwischen nimmer lieferbar; dafür gibt's andere muslimische Fummel sogar mit 50-Prozent-Rabatt zum Weltfrauentag.)

Halbrechts abbiegen. In der Ferne sah ich schon das Feuer am Sternplatz brennen, das Feuer der angekündigten »Fasnetsverbrennung«. Minuten später war ich da.

Um 1980 war der Sternplatz der einzige Kreisverkehr weit und breit, alle Fahrschüler kamen hierher, um zu üben, so sehr vom Aussterben bedroht waren Kreisverkehre damals, heute ist er ein halb verkehrsberuhigter Platz mit vielen Bäumen – und heute mit einem großen Feuer in der Mitte und mit Buden drumherum.

Doch das nasse Wetter verlockte nicht zum Draußenbleiben, auch nicht beschirmt. Also rein in den »Pausenhof« (früher »Meniskus«, »Laden« und und und …), eine Kneipe mit dem Charme des Einrichtungshauses Sperrmüll. Schließlich ist *Immer dienstags* das Motto des Journalisten- und Literatenstammtischs *Unser Huhn*. Aus der »Papstgaststätte«, als »Parkgaststätte« in den 60er Jahren Refugium des Theologie-Profs Ratzinger vor dem 68er Zeitgeist, war er schon vertrieben worden – deren Abriß rückte näher, nur noch wochenends war sie zu Veranstaltungen geöffnet.

Ich setzte mich draußen im Nassen vor den »Pausenhof«, führte Handy-Telefonate. Jemand fragte mich von der Seite: »Soll das Kritik sein oder Inspiration?«

Hmm … Inspiration zu neuen Stories und Szenarios gewiß; für SMig getönte Szenarios ist die muslimische Welt immer eine Fundgrube, und die Kritik packen wir für heute mal beiseite …

»In erster Linie Spaß und Fasnet!«

Drinnen das Häuflein der Stammtischler, geschrumpft durch die Jahre und momentan durch Erkältungen – aber fest entschlossen, am Tresen festzuwachsen.

»Werden die intravenös ernährt?« fragt das Söhnchen des Filmhelden, eines Arztes, in dem Hitchcockfilm *Der Mann, der zuviel wußte*, 1956 beim Anblick vollverschleierter Marokkanerinnen. Nein – aber ein Trinkhalm statt eines Infusionsschlauchs ist durchaus von Nutzen; wie gut, daß ich vorsorglich welche mitgebracht hatte … Also her mit Bier und Most …

»Alkohol durch 'nen Trinkhalm wirkt besonders intensiv«, meinte der Stammi-Dienstälteste. Ging aber eigentlich. Ging sogar beim Gang zum … äh, ja, Männer- oder Weiberörtchen? Ersteres. »Kuttenbrunzer« nennt man hierzulande die Mönche, und die machen das im Kleidchen ja auch so. Bißchen reffen, und *panta rhei,* wie die Humanisten sagen. *Der Mann, der zu oft mußte …*

»Dürfen Muslimas überhaupt Alkohol trinken?« fragte ein Tresennachbar grinsend. Wir konterten mit einem Flugblatt, auf dem nebst Stammi-Reklame folgendes stand:

Sure 16, Vers 67: »*Und wir geben euch von den Früchten der Palmen und der Weinstöcke, woraus ihr euch ein Rauschgetränk macht und einen schönen Lebensunterhalt. Darin liegt ein Zeichen für Leute, die Verstand haben.*«

Das Gespräch wandte sich dann der Frage zu, ob neuere Koranstellen Vorrang gegenüber älteren genossen, und ging dann allmählich zu dreckigen Witzen über.

Draußen auf dem Sternplatz hieß es dann um 22 Uhr »Maska 'ra!« (herab, herunter), aber wir beachteten das gar nicht. Zu ungemütlich war's draußen, zu gemütlich drinnen …

… wohin ich nach 23.15 sowieso mußte – zum letzten Zug zurück. Leicht schwankend lief ich durch den Nieselregen – fehlte nur noch eine Melodie à la *Singing in the rain*. Sollte ich in unserem VHS-Stepkurs mal beantragen – ist ja ein relativ gemütlicher Rhythmus, ist bekannt und macht was her :-)

*Ist hier nach links und 500 Meter weiter nicht der Grieche, der eine Dependance in Riad eröffnen will? Aber selbst dort wohnen will er nicht, hihi, da müßte er ja auf »griiiiieeeechischen Weeeeeiii-in«* verzichten. Der volle Sinn des Wortes »angeheitert« wurde mir deutlich, während ich da weiterschwankte. *Und nach rechts und zwei Kilometer weiter der Grieche mit seiner Shisha-Bar, der allen Kopftuchmädels pauschal Hausverbot erteilt hat und sich nun mit einem Diskriminierungsprozeß rumschlagen muß?* Allzu oft hatten ihm Gutbetuchte strahlend versichert »Ist überhaupt kein Problem, meine Familie ist tolerant« – und dann waren doch irgendwelche grimmigen Onkels oder Brüder aufgetaucht und hatten gedroht: »Ich schlag dich zu Brei!«, »Ich fackel deinen Laden ab!« …

Peter Klashorst, »Gesluierd 3«, Wikipedia. Das Wesentliche …

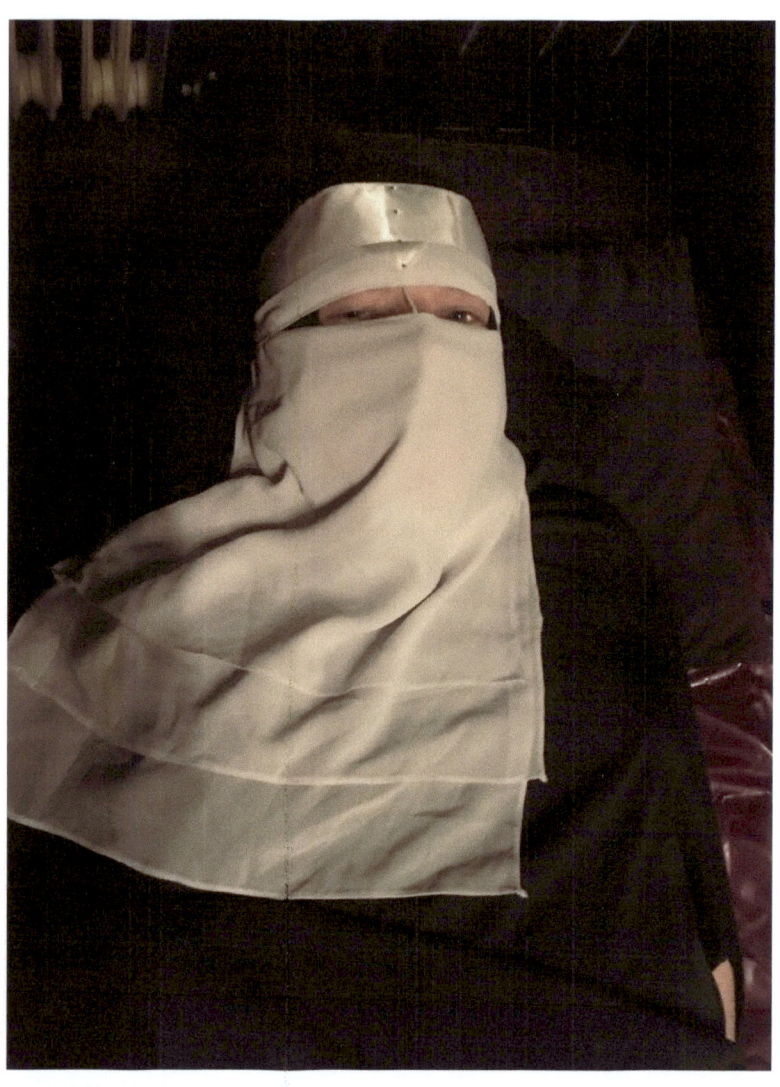

Dominastudio: Jetzt noch Fesseln anlegen, und dann wirst du ran-
genommen, Weib! Aufnahme: »Lady Dana«, Institut Cora, Leonberg

Im Zug. PLAYBOY-Artikel zu Ende gelesen. Schwankend durchs Neubauviertel im Dorf gewankt, wo die pseudotoskanischen Villen aus dem Boden schießen wie in echten Dörfern die Misthaufen. *Als wären wir hier in einem hippen Großstadtviertel. Ist nicht neulich mal eine Berliner Kunsthistorikerin im Tiergarten von einem Tschetschenen ermordet worden? Auf dem Rückweg von einem Stammtisch noch dazu! Das muß besonders hart bestraft werden! Aber wandelnde Kuttenbrunzer stehen unter göttlichem Schutz,* dachte ich erleichtert, als ich endlich zu Hause war und mich erleichtern konnte.

# Der Adventsausflug

»Die meisten unserer Insassen schätzen es ganz außerordentlich, wenn sie von uns in der Vorweihnachtszeit einmal ausgeführt werden«, schnarrte Schwester Agathe, als sie den Rollstuhl mit ihm darin mit klackenden Absätzen vom Behinderten-Minibus durch die langen Gänge des Parkhauses in Richtung Einkaufspassage schob.

*Dann sollte ich das am besten auch tun oder zumindest so tun, als ob,* dachte er. *Das bringt Pünktchen.* »Ja, das ist für viele sicher ein ganz besonderes Erlebnis«, sagte er brav, während er die schon jetzt, samstagvormittags um zehn, munter Richtung Ladenpassage strömenden Einkaufslustigen betrachtete, erstmals aus der niedrigen Rollstuhlperspektive heraus.

»Das ist es«, bekräftigte Schwester Agathe, »die Gute«, »und sie würden alles tun, um auch nächstes Jahr in den Genuß dieses Ausflugs zu kommen: Freude zeigen, lächeln, dankbar sein …«

Das war ein Wink mit dem Zaunpfahl. »Bei Schwester Agathe bist du in den richtigen Händen, wenn du deine Zulassung zum Medizinstudium noch kriegen willst«, hatte sein Vater, selber Arzt, lächelnd gesagt und ihm durch seine Verbindungen dieses »Sozialpraktikum« besorgt.

Diese Zulassung wackelte nämlich bedenklich. Er war kein Einserschüler; das Fallbeil eines zu schwachen Notendurchschnitts drohte unbarmherzig herabzusausen – wenn man es nicht noch durch andere »Qualifikationen« aufzuhalten wußte: der Medizintest – auch da würde er wohl eher flau abschneiden; »soziale Kompetenz beweisen«, indem man einen Tag lang im Rolli das Leben eines Behindertenheimbewohners teilte, und das gar noch am Tag des fröhlichen Adventsausflugs, und dafür üppig Pluspunkte einheimsen ...

»Ja!« hatte er sofort freudig gesagt. Konnte es einen bequemeren Weg geben, als im Sitzen bequem zur Medizin-Zulassung geschoben zu werden?

Sein Vater hatte gelächelt. »Schwester Agathe wird dir eine Einzelbehandlung zuteil werden lassen.«

In der Tat: Kein anderer Proband war mit in dem Kleinbus, nur er in seinem Rollstuhl. Über seine Hüften und durch seinen Schritt zog sich ein »Herniengurt«, wie die gute Agathe ihm erklärt hatte. »Das machen wir bei denen, denen die Eingeweide fortzulaufen drohen«, hatte sie gesagt und seinen Hüftgurt mit einem Klicken hinter dem Rückenteil seines Rollis verschlossen. Und dann war da ein Geräusch wie von einem Schlüssel, der gedreht wird ...

Agathe hatte seine verdutzte Kopfbewegung bemerkt. »Das machen wir, damit uns unsere Lieben nicht verlorengehen«, hatte sie ihm lächelnd Bescheid gesagt, mit derselben lächelnden Selbstverständlichkeit, mit der sie – halb unter seinen Hosenbeinen – die extralangen Schnürsenkel um die Halter der Fußstützen geschlungen und unauffällig mit Schlößchen fixiert hatte.

»Halte deine Finger von den großen Rädern fern, sonst muß ich deine Hände unter einem Muff aneinander fixieren«, hatte S. A. gesagt, und er hielt sich brav daran, versuchte nicht, selbst zu steuern, wohin es  ging …

Inzwischen war die klamme Kälte des Parkhauses wohliger Wärme gewichen, und der unsichtbare Antrieb in seinem Rücken schob ihn in das quirlige Getriebe einer Shopping Mall am dritten Adventssamstag. *Zum Glück ist es nicht die meiner Heimatstadt,* dachte er erleichtert. So konnte er sich auf ein neues Erlebnis freuen, im doppelten Sinne. In seinem Bauch grollte es, ließ nach einigen Sekunden wieder nach.

Das Klacken der Schritte hinter ihm war in all dem Lärm kaum noch zu hören. Die Stimme hinter ihm aber sehr wohl: »Hier im Erdgeschoß gibt es rund 35 Läden und Geschäfte, im Obergeschoß weitere rund 30, die rund zehn Restaurants und Imbißstände auf beiden Etagen noch nicht mal gerechnet«, dozierte S. A.

Immer dichter wurde das Gewühl in den gar nicht mal so breiten Gängen. Weihnachtsmusik ertönte. Neben einer kleinen Bühne ein Schild: »Krippenspiel 11 13 15 Uhr«. *Und sie wickelten ihn in Windeln und legten ihn in eine Krippe …,* erinnerte er sich.

»11 Uhr ist gleich«, tönte es hinter ihm. »Da können wir noch ein bißchen bleiben.« S. A. schob ihn hinten an letzte Sitzreihe. Wieder durchlief ein Grollen seinen Bauch, stärker diesmal und länger, und ließ wieder nach. Ein leichter Geruch nach billigem Weichplastik stieg ihm in die Nase.

»So ähnlich ist es auch bei der Feier am Zweiten Weihnachtstag in unserem Institut«, ließ sich S. A. hinter ihm vernehmen. »Und abends im Fernsehraum. So sitzen sie oft da … oft längere Zeit … und …«

Sie ließ den Satz im Ungefähren verklingen, zog ihn nach einigen Minuten rückwärts aus der Lücke und schob ihn wieder den langen, verstopften Gang entlang. »Jetzt geht's aufwärts!« – »Die Rolltreppe ist für uns wohl nicht geeignet, Schwester Agathe.« Er hatte sie zu siezen, wurde selbst geduzt. »Bei Hunkemöller gibt's einen Aufzug in die obere Etage«, wußte sie. Und schon schob sie ihn in den Laden. Zarte, teure Dessous überall, wesentlich zarter als die flauschig-dicke, anschmiegsame, billige »Einmal-Unterwäsche«, die er trug. Ihr Rascheln blieb nur deshalb unhörbar, weil es vom allgemeinen Geräuschpegel hier übertönt wurde.

S. A. schob ihn in die kleine Aufzugkabine im hinteren Teil des Ladens, drückte auf den Knopf fürs Obergeschoß, und im letzten Moment, bevor die Tür sich schloß, drängten sich noch drei Frauen herein; sie standen so dicht bei ihm, halb über ihm, daß sie mit ihren Nasen halb über seinem Schoß hingen. *Schunkelmöller*, dachte er.

Und wieder eine Attacke von Bauchgrimmen, erneut stärker und länger als die vorherigen. *Nein, nicht hier!* dachte er verzweifelt, biß die Zähne aufeinander und kniff den Allerwertesten zusammen. *Die Kunden werden sich beschweren. ›Stinkemöller‹ werden sie sagen.*

Endlich war das Obergeschoß erreicht. Die Tür öffnete sich. Als letzten schob S. A. ihn hinaus. »Ich sehe schon, es wird Zeit, daß ich dich im Eiscafé parke und meine Besorgungen für mich und das Institut erledige – und du auch!« *›Besorgungen‹, dachte er sarkastisch. Warum nicht gleich ›Geschäfte‹?*

Im Obergeschoß herrschte etwas weniger Gedrängel. Nach ein, zwei Minuten waren sie bei einer »Verkehrsinsel« im oberen Hauptkorridor, am oberen Fuß der Rolltreppe, angelangt. »Eiscafé Zaganello« verkündeten Leuchtbuchstaben in Pseudo-Schreibschrift.

Nach kurzem Suchen schob S. A. ihn ganz am Rand, schon halb auf dem Gang, an ein rundes Tischchen und winkte dem Kellner, der auch nach kurzer Zeit erschien. »Ein Zitronen-Sorbet für ihn«, wies sie ihn an. »Soweit ich weiß, magst du so was.«

»Ja«, erwiderte er etwas erstaunt.

»Dann danke mir mit einem Handkuß, daß ich dir deine Wünsche erfülle«, sagte sie. *Mit meinem Geld,* dachte er, drückte aber wie befohlen einen Kuß auf ihre Rechte.

»Ich hole ihn in 30 bis 40 Minuten wieder ab«, sagte sie dem Kellner, der gehorsam nickte und verschwand. Er spürte, wie sie mit dem Fuß die Feststellbremse des Rollis arretierte – unerreichbar für ihn.

»Bis nachher, Kleiner!« Und fort war sie – mit seinem Portemonnaie, seiner Armbanduhr, seinem Ausweis, seinem Autoschlüssel, seinem Handy …

Fünf Minuten später hatte der Kellner alles gebracht. Er öffnete den Schraubverschluß der Piccoloflasche und goß den Sekt über die Zitroneneiskugeln im Glasbecher. Er hatte gerade den ersten Löffel dieser prickelnden Melange genossen, als er den langen, schmalen Löffel eilig weglegen mußte.

Dieses Mal mußte er kapitulieren. Die zwei »Torpedos« in seinem Arsch sprengten den Rest seiner Selbstbeherrschung entzwei. Nach einem schnellen Seitenblick nach links und rechts – hinter ihm war nur der Gang – stemmte er sich, gestützt auf die Seitenlehnen, etwas in seinem Rolli hoch und ließ folgen, was folgen mußte: Ein heißer, flacher, klebriger Fladen bildete sich unter seinen Pobacken, so schnell, wie ein Koch einen heißen Pfannkuchen wenden und wieder in die Pfanne klatschen würde; und genauso schnell ließ er sich wieder auf diesen Fladen plumpsen. *Und wie beim Sorbet noch etwas aufgießen,* dachte er und ließ den heißen Strahl vorne die »Melange« komplettieren …

Wieder ein schneller Seitenblick auf die Gäste, deren nächste kaum anderthalb Meter von ihm entfernt saßen. Links eine Mutter mit zwei kleinen Kindern, darunter ein Bube von vielleicht sieben Jahren, der interessiert zu ihm herübersah und dann seiner Mutter etwas zuflüsterte; viele Paare, Familien – und alle unendlich mit ihren eigenen Sorgen und Besorgungen beschäftigt. *Gott sei Dank …*

Er konzentrierte sich auf den Genuß seines Sorbets. Die Minuten vergingen – ebenso wie sein Zeitgefühl …

Endlich trat der Kellner an ihn heran:»Wir haben jetzt Schichtwechsel. Dürfte ich jetzt bitte abkassieren?« Das klang relativ fordernd und gar nicht mehr so servil wie vorhin zu seiner … Betreuerin.

Er sah sich genötigt, bedauernd die Achseln zu zucken.»Tut mir leid, ich habe kein Geld – Sie müssen auf meine Betreuerin warten.«

Endlich, endlich kam sie wieder, erlöste ihn, von der Peinlichkeit dieses Cafébesuchs jedenfalls, zahlte, schob ihn über lange Gänge wieder zum Kleintransporter des Instituts, lud ihn mitsamt seinem Rolli ein, und 15 Minuten waren sie wieder am Punkt ihres morgendlichen Aufbruchs.

S. A. schob ihn durch die Lobby des Alten- und Pflegeheims, wo es an diesem beginnenden Adventssamstagnachmittag fast ebenso lebhaft zuging wie im Einkaufscenter, und bis in einen kleinen Raum, dessen Wände fast durchweg aus Bücherregalen bestanden.

»So, jetzt mach ich dich fertig für den Nachmittag. Hier in die Bibliothek kommt heut' nachmittag sowieso keiner, und wenn doch, wirst du auch damit fertigwerden.« Sie entfernte seinen Herniengurt, öffnete seine weitgeschnittene Hose im Schritt ein wenig, so daß die blaue Plastikwindelhose sichtbar wurde.

»Weißt du noch, was ich dir über diese Windelhosen sagte?«

»Ja. Daß sie *Made in China* sind und nur drei Euro pro Stück kosten.«

»Richtig!« Sie ließ die Gummidichtung an seiner Hüfte ein wenig vor- und zurückschnappen. Sogleich mischte sich ein leichter Klogeruch unter den Plastikgeruch.»Und die Schlupfwindeln?«

»Ebenfalls aus China. 50 Cent pro Stück. Zwei Stück pro Tag. Alle 12 Stunden eine. Mehr gibt das Sparbudget nicht mehr her.«

S. A. lächelte. »So ist es. Also noch schön viel Zeit, um den Alltag eines Insassen hier so richtig gut kennenzulernen.« Sie ging zu einem Regal, holte ein Buch heraus, öffnete es an einem Lesezeichen und legte es auf einen Tisch. »Kapitel 7, Fragen 1 bis 42. Das mußt du später sowieso mal lernen. Falls du es jetzt nicht schaffst, erübrigt sich die Zulassung für Medizin sowieso. Die Antworten auswendig bitte. Bis heut' abend um 7.« Und schon war sie verschwunden, nachdem sie die vorsorglich die Deckenlampe angeknipst hatte.

19.02 Uhr zeigte die Wanduhr; S. A. war wieder im Raum. Er bereitete sich gerade darauf vor, das Gelernte abzuspulen, doch sie sagte: »Dein Vater hat dieses Buch auch. Ich hab grad mit ihm telefoniert. Er wird dich abhören. Du wirst jetzt nach Hause fahren, so, wie du jetzt bist.« Sie kniff in seine blaue Windelhose. »Die darfst du behalten.« Sie schloß seine Hose wieder über der blauen Windelhose, löste die Bindung seiner Schuhe an die Holme der Fußstützen, half ihm in die Schuhe, in denen er gekommen war. »Und nun darfst du mir danken für all das, was du hier erleben durftest.«

Er drückte ihr, noch im Rolli sitzend, einen Kuß auf ihre dargebotene Rechte, bevor er sich erhob und nach ihr den Raum verließ.

# Der Saftladen

*Geschichtchen, wie sie das Leben schreibt*

Vor Tagen klingelt bei mir ein Nachbar und sagt: »Da ist so ein junges prospektverteilendes Mädchen, kurzhaarig, das klaut Ihnen immer Saftflaschen« – die stehen in der tagsüber meistens offenen Garage nebst zwei Bierkästen am vorderen Rand. »Die liest die Etiketten« (sind gemischte Saftkästen) »und nimmt dann immer wieder eine mit. Haben wir auch fotografiert vom Balkon.« – Ich: »Okay, dann nehm ich den Saftkasten rein. Am Bier wird sie wohl kein Interesse haben.«

Jetzt schaue ich schockiert auf den Bildschirm meines PCs: Ein alter Bekannter ist tot (schwul, Gelegenheits-SMer, dominant, ein Lehramtsstudium einst bewußt verschmähend, weil die Versuchung durch all die unartigen Knäblein zu groß gewesen wäre).

Da klingelt's wieder an der Haustür: Frau mittleren Alters mit Hund und mit einer Teenagerin, die betreten zu Boden guckt; hoch aufgeschossen, schmal, die übliche verwaschene Jeans, kein Rock und keine Bluse. »Sie möchte Ihnen eine Geschichte erzählen«, sagt die Ältere, nämlich die Geschichte mit den Saftflaschen, aber sie bringt kaum die Zähne auseinander. »Seit Jahren macht sie das schon, mein Pflegekind, und versteckt die Flaschen im Dorf. – Die 20 Euro, die ich jetzt dem Herrn gebe, werde ich dir vom Taschengeld abziehen! Und jetzt entschuldige dich bei dem Herrn und schau ihm dabei in die Augen, nicht zu Boden!« Jetzt bin ich kurz davor, verlegen wegzuschauen, ich denke an diverse Flag- und SM-Stories und muß mich beherrschen, um nicht laut rauszuplatzen …

Ein so halb verbissenes Grinsen (muß eine doofe Grimasse sein) kann ich mir aber nicht verkneifen.

»Ist ja nett, daß Sie so nett damit umgehen«, sagt die Ältere, leicht irritiert wirkend.

»Keine Ursache - ist ja noch nichts wirklich Schlimmes passiert«, erwidere ich verkniffen und schaffe es, erst laut loszuprusten, als ich wieder allein in meinen vier Wänden bin.

So dicht liegt das Erhebende neben dem Niederdrückenden.

*Gruß aus dem Saftladen ...*

**Nach(t)gedanken:** Eigentlich müßte sie ein Röckchen oder Kleidchen tragen – und später Tränen in den Augen und rote Striemen auf dem Po. Eckestehen und Stubenarrest wären auch empfehlenswert ...

# »Facebook« anno 1983

*Geschichtchen, wie sie das Leben schreibt*

Nachdenklich stand er am Rande der Aussichtsterrasse im kleinsten Badeort Deutschlands und blickte zu den nahen, grünen Bergen im Osten. Dieser Spätwinter und Frühling 2013 war einer kältesten, dunkelsten und verspätetsten seit Jahrzehnten gewesen, und selbst gegen Ende Mai wollte das kühle, regnerische Wetter immer noch nicht weichen.

*Ob Goethe damals auch von so miesem Wetter geplagt war?* fragte er sich. *Kein Wunder, daß er das »Land, in dem die Zitronen blüh'n«, dem ungemütlichen Deutschland vorzog.*

Vor der Terrasse verlief die stark befahrene Bundesstraße, die fast identisch war mit der »Schweizer Straße«, auf der Goethe einst, vielleicht nach einem Besuch bei seinem Tübinger Verleger Cotta, südwärts rollte.[1]

Und schon wieder fing es an zu tröpfeln. Fröstelnd zog er sich ins Restaurant zurück, wo eine größere Gruppe Damen und Herren mittleren Alters feierte: 30 Jahre Abi, Abi an jenem »Gymi« direkt am Hang des vorgeschobensten der Albberge, drei Kilometer östlich. Der Pfarrer an der höchsten Kirche der Welt, der Erfolgsjournalist, der Physikprof, der Chirurg, der Erotikverleger ... Und er war ein Teil dieser Festgesellschaft, schlenderte in einen Nebenraum, wo ein Diaprojektor alle paar Sekunden ein anderes Schwarzweißbild an die Wand warf. *Was zum Geier ...?* fragte er sich, als auf einmal sein Bild an der Wand erschien. Verblüfft starrte er auf sein 30 Jahre jüngeres Alter Ego, das ihm da entgegenblickte – durch dieselbe Brille wie die, die er heute trug. Eine neuere war ihm Tage zuvor zerbrochen, und verwundert hatte er festgestellt, daß er

---

1 Allerdings nur, wenn er in die Schweiz fuhr (wie ich später las); von Weimar nach Italien fuhr er über München – Innsbruck – Brenner.

mit der Uralt-Brille sogar besser in die Ferne sehen konnte als mit der neueren – auf diese Dias an der Wand zum Beispiel: alle paar Sekunden ein anderer Ex-Schulkamerad.

*Und das ist doch …?* Ja. Kein Zweifel. Jan F.[2], sein »Busenfreund« in der 6. Klasse, wie es sein späterer Lateinlehrer altmodisch genannt hätte. In Klasse 7 trennten sich beider Wege, denn Jan wählte »Franz« als zweite Fremdsprache, er selbst Latein. Nur noch in den Pausen sahen sie sich gelegentlich, meist ohne Worte zu wechseln; seiner Mutter hatte sein »Umgang« mit Jan sowieso nie gepaßt. Damals, in Klasse 6, war Jan ein schmächtiges Bübchen mit schwarzem Mireille-Mathieu-Pagenschnitt, auf den Tag genau ein Jahr jünger als er, denn er war mit sieben eingeschult worden, Jan mit sechs. (Außerdem gab's noch eine Mitschülerin, die auf den Tag genau ein Jahr älter war als er, mit sieben eingeschult, nach Klasse 5 der Hauptschule in Klasse 5 des Gymnasiums wechselnd und schon etwas leicht Mütterliches ausstrahlend …) Auf dem an die Wand projizierten Schwarzweißdia wirkte Jan im Abituralter verändert, leicht ungelenk, schlaksig, als sei er irgendwie mit sich selbst unzufrieden, mit sich selbst nicht im reinen.

»Total vergessen, diese Bilder, was?« sprach ihn ein Schulkamerad grinsend von der Seite an. »Das seh ich deinem Gesicht an. Du bist nicht der einzige, der das total vergessen hat.«

Er nickte. »Stimmt. Aber jetzt kehrt die Erinnerung langsam wieder zurück.« Ein Mitschüler hatte zwischen schriftlichem und mündlichem Abi die Idee gehabt, unserem Direktor als Abschiedsgeschenk ein »Facebook« zu schenken, wie man es damals natürlich noch nicht nannte, nicht in Deutschland jedenfalls, ein Fotoalbum mit unser aller Porträts. *Mit einem Freßkorb plus ein paar guten Tröpfchen wär' der Direx besser bedient gewesen als mit unseren Dutzendvisagen auf Papier,* hatte er schon damals gedacht, und seine Skepsis drückte sich in seinem Bild deutlich aus, wie er mit ver-

2 Name geändert; sonst entspricht fast alles der Realität.

schränkten Armen auf dem Schulhof dastand und in die Kamera blickte.

Über Gott und die Welt hatte er mit Jan damals, in Klasse 6, auf dessen Zimmer gequatscht – umgekehrt gab es nie einen Besuch –, vor allem aber über »die Weiber« und wie es wohl sein würde, wenn man selbst schon eins dieser begehrenswerten Wesen sein eigen nennen könnte. »Praline« und »Wochenend« hatten sie in irgendwelchen Dorf- oder Buch- und Schreibwarenläden gekauft, diese »Rentnerpornos«, oder gleich an Ort und Stelle selbst gelesen, das knappe Taschengeld schonend, unbekümmert um flapsige Kommentare anderer Kunden, bis man sie hinauswarf: »Und wenn du alle nackigen Frauen angeschaut hast, kannst du die Illustrierte wieder weglegen! Und in Zukunft kaufst du entweder, oder du läßt es bleiben, und liest hier nicht mehr stundenlang gratis!« Dabei war's höchstens minutenlang gewesen …

In Ermangelung von Mädchen hatten sie sich auch gelegentlich selbst beschmust, wobei immer einer von ihnen »das Mädchen« mimen mußte, meistens Jan, denn er war kleiner, jünger, schmächtiger und noch weniger entwickelt. Wie nach einem Schulhof-Ringkampf preßte er Jan dann gegen dessen nur spielerische Gegenwehr zu Boden, schmiegte sich an und auf ihn und flüsterte ihm ins Ohr: »Du bist jetzt Janine! Du wirst jetzt gebumst!« Jan warf seine errötenden Wangen hin und her und versuchte, dem fälligen Kuß zu entgehen … ›Carpere oscula‹, ›Küsse rauben‹ – hier hätte dieses altmodische Übersetzungsdeutsch, wie ich's später in Latein lernte, mal seine Berechtigung gehabt, dachte er melancholisch.

»Ich hab keine Ahnung, als was ich da hingehen soll«, klagte Jan einmal in der kleinen Pause zwischen zwei Schulstunden, als eine von und in der Schule veranstaltete Faschingsparty näherrückte.

Er gab Jan vor aller Ohren, halb im Scherz, halb im Ernst, den Rat: »Geh doch als Mädchen!«

Am Abend der Party, nein, eigentlich schon zur Nachmittagskaffeezeit, denn es war trotz Februar noch hell, holte er Jan ab, wie ein Ballherr seine Balldame. Dabei wußte er, als er in seinem Kostüm – *was war's eigentlich? Vergessen, belanglos …* – vor Jans Haus stand, noch gar nicht, ob Jan überhaupt seinem Vorschlag gefolgt war.

Er war. Im Dirndl trat Jan aus der Haustür, halb verlegen, halb strahlend, und folgsam legte er seine zierlichere Hand in die fordernd hingehaltene Pranke des »Ballherrn«, und händchenhaltend legten sie beide zusammen die 500 Meter am Ortsrand zurück, zwischen Einfamilienhäusern links und den Wiesen rechts am vorgeschobensten Albhang.

Nach 400 Metern rechts das fast noch nagelneue Hallenbad. Im Gegensatz zu den meisten seiner Mitschüler hatte er Schwimmen gemocht – ebenso wie das Getuschel, kurz bevor er die Umkleide betrat. »Bei dem sieht man schon was« – die ersten Schamhaare nämlich; »und bei dem hört man schon was«, hätten sie auch noch sagen können – nämlich eine Baßstimme. Bei beidem war er früher dran als seine Mitschüler, ungewöhnlich früh für »Klasse Sex«, wie es einer der regelmäßigen »Pral(l)ine«-Leser nannte. Haha. Der Wunsch als Vater des Gedankens …

Dann endlich das häßliche, wenige Jahre junge Schulzentrum, Waschbeton, breit und flach mit einem auffälligen Schornstein, »wie ein aufgetauchtes U-Boot« (so ein Kritiker). Viele Schulzimmer hatten gar keine Fenster nach außen, nur die nicht zu öffnenden Dachfenster eines Sheddachs. Heiß und miefig war's da sommers öfter – auch an jenem Sommertag, als die Klasse nach der letzten Stunde schon gegangen war und nur noch vier Schüler im Klassenzimmer zurückgeblieben waren: zwei kesse Mädels, Jan und er. Ein Tennisball fand sich schnell, ein Spiel auch: »Abschießerles.« Und immer verloren die, die im Grunde verlieren wollten – wegen der hoffnungsvoll erwarteten »Strafe«. Als es Jan und ihn erwischte, hatten sie auf Befehl der Mädchen gehorsam die Hosen heruntergelassen

und sich rundherum präsentiert. Dann machte eins der Mädchen, später nicht ganz ohne Grund von manchen »Nutti« genannt, leuchtenden Auges den Vorschlag: »Wenn ihr uns abschießt, sind wir eure Sklavinnen!« Das klang verheißungsvoll, doch wenig später mußten Jan und er feststellen, daß »Sklavinnen« durchaus zickiger und widerspenstiger sein konnten, als man(n) sich das so vorstellte ...
*Non scholae, sed vitae discimus ...*

Hastig zog Jan seine Hand aus der seinen zurück, als die Einlaßkontrolle zur SMV-Faschingsparty in Sicht kam – dabei hatte man dort (wie anderswo) nur Augen für die knackigen Äpfel, die als »Möpse« Jans Dirndl vorne ausfüllten ...

Der Spätnachmittag schritt voran, wurde zum frühen Abend, die Tanzfläche belebte sich, die Musik aus der Konserve bestand nur aus überlauter Rockmusik, kein Wiener Walzer (den er damals sowieso noch nicht tanzen konnte), aber auch kein Blues, der auf den Parties der einzelnen Klassen oft den Vorwand für »die Schmuser« bildete, für eng aneinandergeschmiegtes Befummeln und Tanzen fast nur auf der Stelle, ganz langsam und genüßlich. »Die Blueser und Schmuser.« »Stehblues«, ja, so nannte man das damals[3]. Wie gerne hätte er »Janine« vor aller Augen eng an sich gezogen ...

»Na – ganz in die Betrachtung der Vergangenheit versunken?« Das war wieder der Schulkamerad, der ihn schon vorher lächelnd angesprochen hatte.

»Äh ... ja«, erwachte er aus seinen Träumereien. An der Wand erschien    aus dem Kreislauf der Bilder gerade wieder das Bild von Jan F. Aus Neugier, aber auch einfach nur um etwas zu sagen, fragte er: »Was ist aus Jan F. eigentlich geworden? Ich hab ihn noch nie bei einem unserer ›Veteranentreffen‹ gesehen ...«

»Wirste auch nicht mehr – nie mehr.«

---

3 Ich kannte den Begriff gar nicht, lernte ihn erst kurz nach Abfassung und Veröffentlichung dieser Geschichte im »Sklavenzentrale«-Geschichtenforum kennen, weil in einem Nachbarforum dort über aussterbende Begriffe diskutiert wurde.

»Wieso nicht?« Ihm wurde leicht unbehaglich zumute.

»Jan F. ist tot. Hat sich umgebracht.«

Sein Unbehagen verstärkte sich.

»Selbstmord?«

Sein Gesprächspartner nickte. »Selbstmord, ja.«

Er wandte sich ab, ging ans Fenster, tat so, als studierte er die Landschaft, die allzu vertraute. Ein Teil von ihm wollte fragen: *Warum? Wieso? Weiß jemand was Genaueres darüber?* Aber er brachte kein Wort über seine Lippen. *Bloß nicht daran rühren*, flüsterte etwas in ihm. *Willst du es wirklich so genau wissen?*

»Auf geht's!« rief ihm ein anderer Schulkamerad grinsend zu. »Jetzt geht's in die Zielgerade! Nach dem normalen Büfett gibt's jetzt noch ein süßes Dessert-Büfett!«

Er lächelte verlegen und legte die Hand auf sein Bäuchlein. »Danke – das normale Büfett hat mir schon etwas auf den Magen geschlagen; ein andermal!« Er griff sich seine Jacke mit dem Autoschlüssel und seinen Hut, grüßte in die Runde: »Bis zum nächsten Mal!«

*Frische Luft, endlich!* dachte er, als aus dem Lokal trat. Seine rechte Hand klimperte mit dem Autoschlüssel in der Jackentasche. Unter dem grauen Himmel setzte wieder der Nieselregen ein.

Auf dem Heimweg fuhr er an jener Bushaltestelle vorbei, an der einige Jahre nach der Faschingsparty die Schulbusse in seinen Wohnort abfuhren. Auch auf ihren Bus warteten dort der bullige Anführer einer Halbstarken-Mopedrockergang und sein Fanclub, und gelegentlich trat dieser Gang-Boß ihm in den Weg und forderte unter dem Beifall seiner Jünger grinsend: »Komm, gib mir einen Zungenkuß!«

Diesmal war er der Schwächere, stand stumm da und hoffte, daß der Gang-Boß das Interesse an der Sache verlieren würde – was auch stets eintrat. ›Ich wußte gar nicht, daß du schwul bist‹, hätte ich sagen sollen, ging es ihm müde durch den Kopf – auch auf die Ge-

fahr hin, daß die Brille, die verläßliche, 100 Meter weit wegfliegt …
Oder die Arme ausbreiten und sagen: ›*Du traust dich ja doch nicht!*‹
*Heute könnte man noch dazu Handy-Filmer auffordern, das Ereignis zu filmen …*
*Die Leute werden nie gescheit, auch nicht mit über 40,* dachte er und setzte seine Heimfahrt fort.

Nachtrag dazu im Forum der »Sklavenzentrale«, wo die Story erstveröffenlicht wurde:
Noch ein paar Worte dazu. Ich hab die Story auch Stinos aus meinem Bekanntenkreis lesen lassen - die fanden sie gut, begriffen aber den Zusammenhang nicht. Ich fürchte, daß »Jan« eine transsexuelle Neigung entwickelt hat und sich aus Kummer darüber, nie eine »echte« Frau sein zu können, das Leben genommen hat. Aber das ist nur eine Vermutung. Sollte sie zutreffen, wäre ich zwar nicht »schuld«, aber doch so was wie der »Trigger«, der Auslöser, der das Ganze ausgelöst, den Stein ins Rollen gebracht hat. Gut, wenn ich's nicht gewesen wäre, wär's ein anderer oder etwas anderes gewesen, vermutlich, aber dennoch kein Grund zur Fröhlichkeit.

**Nach(t)gedanken:** Wie wäre es wohl, wenn es perfekte Geschlechtsumwandlungen gäbe? »Janine« als vollkommene Frau, gebumst, geschwängert, im Kleidchen, in der Küche … Die Möglichkeit des Kindermachens faszinierte uns damals, und ein Foto einer schwangeren Frau auf der Wikipedia ist mit »a woman's perfect figure« untertitelt – zu Recht :-)

# Mieterschutz

*Eine völlig gewaltfreie Geschichte*

Als Frl. Kleinschroth, die junge, attraktive, alleinstehende Mietshauserbin, wie üblich ohne zu klopfen sein Zimmer betrat, empfand Herr Güttner – »Herrlein« nannte sie ihn meist ironisch – das, was er immer empfand: Herzklopfen, Beklemmungen, das Gefühl, etwas falsch gemacht zu haben. Strafe zu verdienen. Dabei hatte er doch schon genug gebüßt in den letzten Tagen und Wochen. Die halben Semesterferien – alles ab der Märzmitte – waren dabei draufgegangen. Dabei war diese »vorlesungsfreie Arbeitszeit«, wie ein altmodischer Prof sie nannte, ja eigentlich zum Arbeiten gedacht. Nur eben nicht für s o l c h e Arbeiten. Nicht für Kartoffelschälen und Unkrautjäten. Schon gar nicht angetan mit einer Schürze mit der Aufschrift »Hausmann & Pantoffelheld«, ausgiebig bestaunt und belächelt von Frl. Kleinschroths Freundinnen, und deren gab es reichlich.

»Na, mal wieder ein bißchen verträumt, Herrlein Güttner?« holte ihn Frl. Kleinschroths ironische Stimme wieder in die Gegenwart zurück.

Rot werdend, sprang er auf wie ein schuldbewußter Schuljunge von einst. »Womit kann ich Ihnen dienen?« Er versuchte, seinen Ärger nicht allzu deutlich durchklingen zu lassen.

»Wie lautet der aktuelle Stand?«

»Minus 200 Euro«, gestand der Mieter demütig und zerknirscht.

»Exakt!« lächelte Frl. Kleinschroth aus der überlegenen Höhe von 1,80 m incl. Heels auf die zierlichen 1,70 m Herrchen Güttners herab. »Sie waren mit zwei Monatsmieten à 300 Euro im Rückstand. Macht 600 Euro, die Sie mir schulden. Durch 40 Stunden Haus- und Gartenarbeit à 10 Euro haben Sie 400 Euro abgearbeitet. Bleibt also ein Rest von 200 Euronen. Was hielten Sie davon, den auf einen Ruck abzuarbeiten? Kostet Sie nur einen Abend, aber den richtig. Dann könnten Sie sich auch wieder voll und ganz Ihrem Studienkram widmen. Einverstanden?«

»Worum geht es dabei?«

»Ja oder nein? Ich kann auch wieder gehen.«

»Ja«, kapitulierte Herr Güttner.

»Na also. Klein und schlank sind Sie ja.« Frl. Kleinschroth lächelte.

»Und tanzen können Sie doch, oder? Wenn auch vermutlich nicht so … Aber das Goldstar-Tanzabzeichen haben Sie doch, wenn ich mich recht erinnere?«

»Jaaa …!?« Güttners Miene war ein einziges Fragezeichen.

»Alles Nähere hier in diesem Faltblatt. Seien Sie pünktlich! Und geben Sie sich Mühe! Nur die lächelnd Pein gibt den knisternd Schein!«

**\*\*\***

»Na siehst du – geht doch …!«

Bewundernd strich Frl. K. über die glatten, haarlosen Beine des Models, was ihr leichtfiel, da sie auf einem Tisch standen, einem Tisch in einem Nebenzimmer des Clubs, in dem »Laila«, das vielversprechende Nachwuchstalent, gerade aufgetreten war.

»Schöne Beine hast du … ›Laila‹. Schön gründlich rasiert.«

Unwillkürlich war sie ins Du gefallen, alles andere hätte lächerlich gewirkt. Ihre Hand ging höher zum türkisfarbenen, straßbesetzten Höschen, aus dessen Bund sie einige kleine Scheine herausfischte.

»Da siehst du den Lohn der Mühe … ›Laila‹. Ich nehm mir dann mal 200 Euro, der Rest gehört dir – und dem Club … Ein Glück, daß mir neulich einfiel, daß meine Freundin Gisela mit dem Bauchtanz anfangen wollte, und da sie eine ähnliche Figur hat wie du,

sprach alles dafür, ihren neuen Fummel erstmal gehörig einzu-
tanzen.«

Der Besitzer des *Gay King's Club* war neben Frl. K. getreten.

»Eine gute Figur hat sie gemacht, unser Nachwuchstalent Laila. So
was schätzt unsere Klientel … Da lassen sie schon mal was springen
… oder knistern.«

Mit diesen Worten fingerte der Clubbesitzer einige schöne Schein-
chen aus »Lailas« schaumstoffgepolsterten Oberteil, dessen Türkis
mit »Lailas« gerötetem Kopf entzückend harmonierte; wenn *Mr.
Big King*, wie Freunde ihn nannten, mit dem Straß am BH klimperte, klimperten auch »Lailas« künstlich verlängerte Wimpern an ihren
schwarzen Augen.

»Ich könnte mir vorstellen, unseren neuen *Ladyboy* auch für das
Fach Burlesque einzusetzen.«

»So richtig schön mit Strapsen, Dessous und Stöckelschuhen?«

»So richtig schön – das volle Programm. Wenn er gut ist, sogar noch
mit Privatvorstellungen. Im Séparée. Das wird noch bedeutend
besser bezahlt – wenn die Leistung unseres Bürschchens gut ist.
Aber das schafft er. Mit ordentlich Training und Ansporn.« Er ließ
ein Lineal in seiner Rechten spielerisch in die Handfläche seiner
Linken klatschen.

Frl. K. strahlte. »Was sagst du dazu, Güttnerchen?«

Der sagte gar nichts. Er war sprachlos.

Der *King* winkte mild lächelnd ab. »Das findet man öfter in solchen
Situationen, daß es den Kerlchen einfach die Sprache verschlägt vor
Glück. Er braucht auch nichts zu sagen, der Guteste. Im Interesse
des Mieterschutzes ist es, daß ›Laila‹ nur den Besten, Liebevollsten in
die Hände fällt, und da braucht es nicht viel Worte, nur Taten.« Ein
Klaps auf »Lailas« Po unterstrich die königlichen Worte. »Er muß
nur gut Englisch können und verstehen.« *King*s Hand zeichnete
genüßlich »Lailas« Rundung und Spalte nach. »Griechisch und

Französisch lernt Bübchen dann noch ganz ohne Worte. *Learning by doing.* Je mehr Fachsprachen, desto mehr Einkommen.«
Frl. K. lachte schallend, und zusammen mit dem *King* beobachtete sie genußvoll die immer tiefere Röte auf Herrn Güttners schamerfüllten Gesicht.

**Nach(t)gedanken:** Die Story wurde in der *Sklavenzentrale* auf die Titelseite gevotet.

Der Verfasser R. Happ zu seiner Story auf dem *Sklavenzentrale*-Forum: Mieten sind heute ein ziemliches Thema, wie die beiden Spanking-Vermieterin-Geschichten weiter oben zeigen. Sie erinnerten mich an folgendes:
In den 90er Jahren konnten sich die Tübinger Leser des TAG-BLATT-Mittwochsanzeigers der »Herr-Wüttner-und-Frau-Kleinschrott«-Cartoons von Haimo Kinzler erfreuen: die realsadistische bzw. -masochistische Geschichte der Vermieterin Frau Kleinschrott und ihres Mieters Wüttner. In einer Folge stiefelt sie in des Mieters Zimmer mit der Ansage: »Sind Sie schon wieder mit der Miete im Rückstand – da muß ich Sie wohl wieder einmal abstrafen!« Und dann sah man den armen Mieter mit umgebundener Schürze Unkraut jäten oder Kartoffeln schälen oder gar mit Straps und Stöckelschuhen auf dem Tisch tanzen, während Frau K. und Konsorten sich vor Lachen auf dem Sofa bogen. Doch kein Glück währt ewig: Man sah Herrn W. eine Zeitung lesen; Überschriften verkündeten: REGIERUNGSWECHSEL – SOZIS KOMMEN AN DIE MACHT – MIETERSCHUTZ VERSTÄRKT. Und auf dem nächsten Bild sah man die einst hochmütige Vermieterin demütig vor Herrn W. auf den Knien herumrutschen … So hätte man die Geschichte am Schluß auch umbiegen können.

\* \* \* \* \*

Hallo, »Laila«‹;-) Foto/Model: »Sinnamon Love«, Wikipedia, 18.9.2007

»Kuckuck, ich bin dein Nachtgespenstl« Halb eins in der Nacht (am
15.11.'10) ist als Zeit zu diesem Wikipedia-Foto des Fotografen
Stefan Krasowski, New York, angegeben (dürfte wohl eher der
Zeitpunkt des Hochladens gewesen sein). Der Ausschnitt eines
Fotos zeigt verheiratete Frauen in der algerischen Oasenstadt
Ghardaia; die dürfen nämlich nur e i n Auge zeigen ... Lediglich
die ganz Kecken und Vorwitzigen – nein, eher die Alten, Ver-
trockneten, Unattraktiven dürfen beide Augen und ein wenig
Gesicht zeigen ...

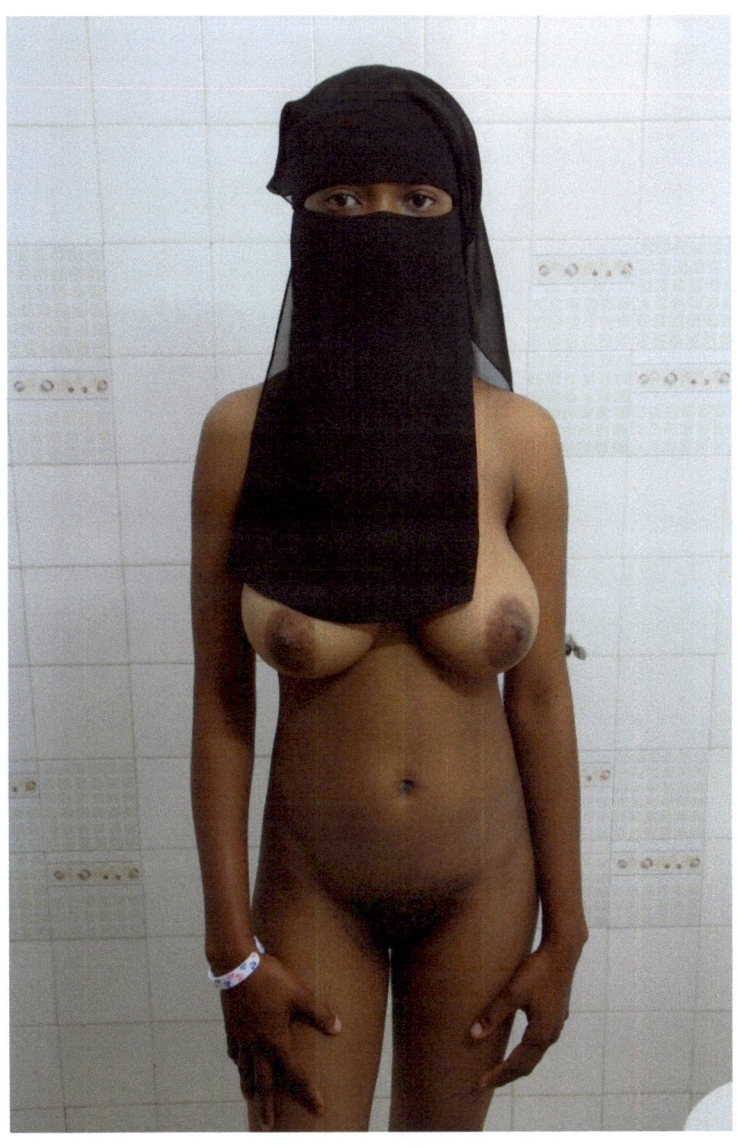

»Nude woman with niqab« (Peter Klashorst, NL, Wikipedia)

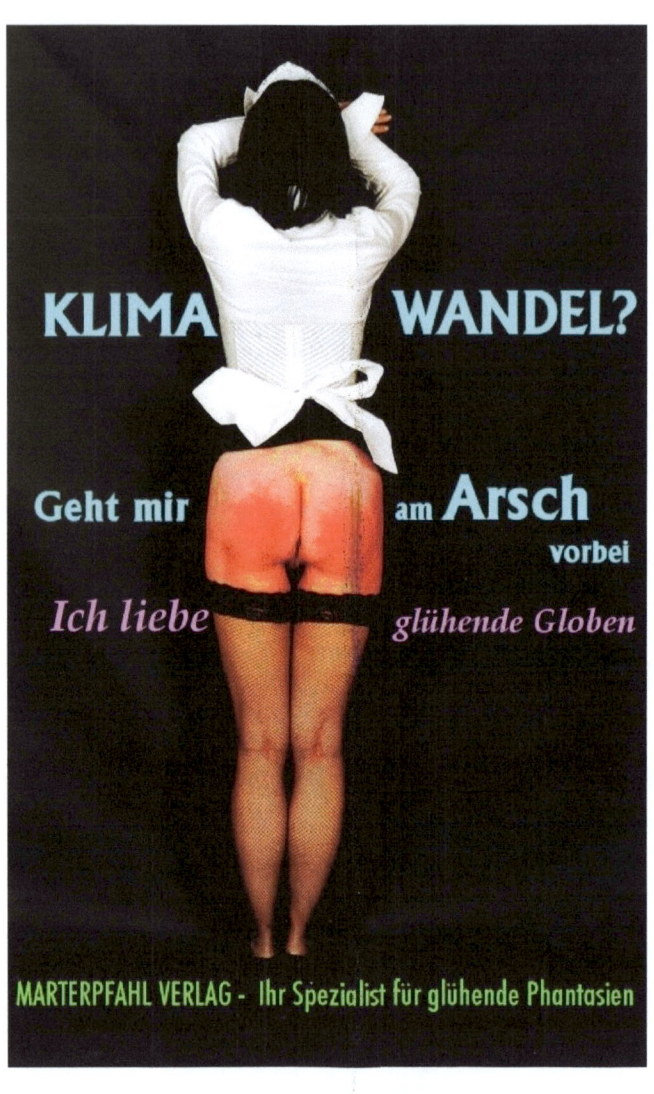

**Ciao und bis bald! :-)**